DATE DUE

Helen Recorvits • Ilustraciones de Gabi Swiatkowska

Me llamo Yoon

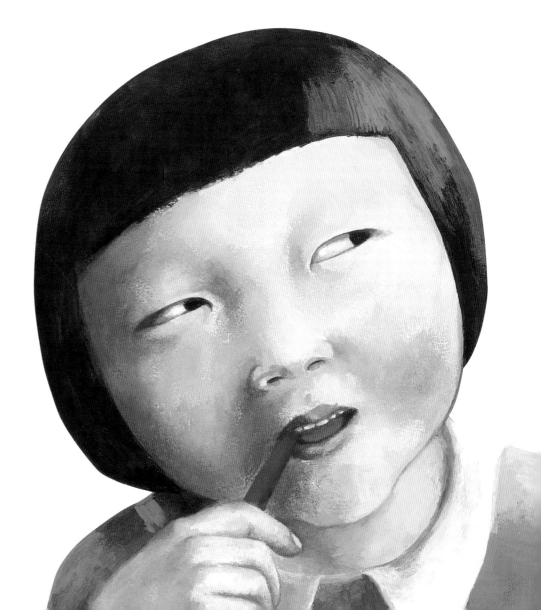

EJ

EDITORIAL JUVENTUD

PROVENÇA, 101 - BARCELONA

Título original: MY NAME IS YOON
© del texto: Helen Recorvits, 2003
© de las ilustraciones: Gabi Swiatkowska, 2003
Publicado con el acuerdo de Farrar, Straus and Giroux, LLC, Nueva York

© de la traducción española:
EDITORIAL JUVENTUD, S. A., 2003
Provença, 101 - 08029 Barcelona
info@editorialjuventud.es
www.editorialjuventud.es

Traducción: Christiane Reyes
Primera edición, 2003
Segunda edición 2006
Tercera edición 2008
Depósito legal: B.24.050-2008
ISBN: 978-84-261-3335-9
Núm. de edición de E. J.: 12.036
Impreso en España - Printed in Spain
T.G. Alfadir, Rosselló, 52,
Cornellà de Llobregat - Barcelona

Para Yoon   —H.R.

Para Lidia y Michael   —G.S.

Me llamo Yoon. Vine de Corea, un país muy lejano.

Poco después de instalarnos aquí, mi padre me llamó a su lado.

–Pronto irás a tu nueva escuela. Debes aprender a escribir tu nombre en español –dijo–. Mira, se escribe así:

YOON

Arrugué la nariz. No me gustaba YOON. Líneas, círculos, cada uno por su lado.

–Mi nombre en coreano parece alegre –dije–. Los símbolos bailan todos juntos.

»Y en coreano mi nombre quiere decir Sabiduría Resplandeciente. Me gusta más en coreano.

–Bueno, pero tienes que aprender a escribir tu nombre de esta manera. Y no olvides que aunque lo escribas en español, siempre significará Sabiduría Resplandeciente.

No quería aprender la nueva manera de escribir. Quería volver a mi casa, a Corea. No me gustaba este país. Todo era diferente. Pero mi padre me dio un lápiz y sus ojos decían «Haz-lo-que-te-digo». Me enseñó a escribir todas las letras en el alfabeto español. Así fui practicando y mi padre se puso muy contento.

–Mira –dijo, llamando a mi madre-, –¡mira qué bien lo hace nuestra pequeña Yoon!

–Sí –dijo ella–. ¡Será muy buena alumna!

Arrugué la nariz.

En mi primer día de escuela me quedé sentada en silencio en mi pupitre mientras la maestra hablaba de un GATO. Escribió GATO en la pizarra. Leyó un cuento sobre un GATO. Yo no entendía sus palabras, pero sabía qué decían sus dibujos. Cantó una canción sobre un GATO. Era una canción bonita, y yo también intenté cantar la letra.

Luego me dio una hoja de papel en la que estaba escrito mi nombre.

–Nombre. Yoon –dijo. Y señaló las líneas vacías por debajo.

Pero yo no quería escribir YOON. En vez de eso, escribí GATO. Puse GATO en cada línea.

GATO GATO GATO

Quería ser un GATO. Quería esconderme en un
rincón. Mi madre me encontraría y se acurrucaría junto
a mí, muy cerca. Yo cerraría los ojos y maullaría bajito.

La maestra miró mi hoja. Sacudió la cabeza y frunció el entrecejo.

–¿Así que eres un GATO? –preguntó.

La niña con cola de caballo sentada detrás de mí soltó una risita.

Al volver de la escuela dije a mi padre:

–Deberíamos volver a Corea. Es mejor.

–No digas eso –contestó–. Este país es tu nuevo hogar ahora.

Estaba sentada al lado de la ventana y miraba un petirrojo dando saltitos en el patio.

–Él también está solo –pensé–. No tiene amigos. Nadie lo quiere.

Después tuve una idea muy buena. «Si hago un dibujo para la maestra, quizá me quiera un poquito.»

Era el pájaro más bonito que había dibujado jamás.

–Mira, papá –dije orgullosamente.

–¡Oh, eso me hace muy feliz! –contestó mi padre–. Y ahora haz esto.

Me enseñó a escribir PÁJARO debajo del dibujo.

Al día siguiente, la maestra me entregó otra hoja de papel para escribir YOON. Pero yo no quería. En vez de Yoon, escribí PÁJARO. Puse PÁJARO en cada línea.

Quería ser un PÁJARO. Quería volar, volver a Corea volando.
Volaría hasta mi nido, y escondería la cabeza debajo de mi
pequeña ala marrón.

La maestra miró mi hoja de papel. Volvió a sacudir la cabeza.

–¿Así que eres un PÁJARO? –preguntó.

Entonces le enseñé el dibujo con el petirrojo que había hecho para ella. Le señalé mi vestido rojo y luego el petirrojo. Bajé la cabeza y miré a la maestra de reojo. Ella sonrió.

–¿Qué tal ha ido la escuela hoy, hija mía? –preguntó mi madre.

–Creo que la maestra me quiere un poco –dije.

–¡Eso es estupendo! –dijo mi madre.

–Sí, pero en mi escuela de Corea yo era la preferida de mi maestra. Tenía muchos amigos. Aquí estoy sola.

–Debes tener paciencia con todos, incluso contigo misma –dijo mi madre–. Serás una alumna excelente, y harás muchos nuevos amigos aquí.

Al día siguiente durante el recreo estaba cerca de la valla, sola. Miré a la niña de la cola de caballo sentada en el columpio. Ella me miró también. De repente saltó del columpio y vino hacia mí corriendo. Llevaba un paquetito en la mano. En la envoltura ponía MAGDALENA. Lo abrió y me la dio. Sonreía. Yo también sonreí.

Cuando volvimos al aula, la maestra nos dio más hojas de papel. No quería escribir YOON. En vez de eso escribí MAGDALENA.

Quería ser una MAGDALENA. Los niños aplaudirían al verme.
Se pondrían muy contentos. «¡MAGDALENA! –gritarían–. ¡Aquí
está MAGDALENA!»

La maestra miró mi hoja.

–¡Y hoy eres una MAGDALENA! –dijo. Hizo una sonrisa muy grande. Sus ojos decían «Me-gusta-esta-niña-Yoon».

Al acabar la escuela le hablé a mi madre de la niña con cola de caballo. Le canté una canción nueva a mi padre. Canté en español.

–Nos haces sentir muy orgullosos, pequeña Yoon –dijo mi madre.

«Quizá estaré bien aquí –pensé–. Quizá lo diferente también es bueno.»

Al día siguiente en la escuela, casi no podía esperar para escribir. Esta vez escribí YOON en cada línea.

Cuando la maestra miró mi hoja de papel, me dio un fuerte abrazo.

–¡Oh! ¡Eres YOON! –dijo.

Sí, soy YOON.

Ahora escribo mi nombre en español.
Sigue significando Sabiduría Resplandeciente.